S^T-PIERRE DU GROS-CAILLOU

29 janvier 1882.

FÊTE DU TRÈS SAINT ET IMMACULÉ CŒUR DE MARIE

QUELQUES MOTS

SUR M. L'ABBÉ PROSPER EDGARD DE COURVAL.

(Par M l'abbé Sauvage,

1983.

SAINT-PIERRE DU GROS-CAILLOU

29 janvier 1882.

Aujourd'hui l'Eglise de Paris solennise la fête du Très Saint et Immaculé Cœur de Marie, Refuge des pécheurs. Cette fête du Cœur de Marie, célébrée depuis deux siècles environ dans certaines congrégations religieuses et dans quelques confréries qui en dépendaient, reçut en l'église Notre-Dame des Victoires à Paris, sous le pastorat de M. Desgenettes, une nouvelle extension, un nouvel éclat. Cette dévotion si chère à la piété chrétienne a été la source d'un nombre incalculable de guérisons, de conversions, qui sentent le merveilleux, qui sentent le miracle, disons-le bien haut. Que de salutaires résolutions, que de généreuses pensées se sont fait jour au pied de cet autel du Cœur de Marie à Notre-Dame des Victoires !

Là est née la congrégation fondée pour l'évangélisation des Noirs et le service des colonies, par le vénérable serviteur de Dieu M. Libermann, juif converti et prêtre d'un si grand mérite que déjà, moins de dix ans après sa mort, l'Eglise l'a déclaré vénérable. Ce prêtre fonda la congrégation du Saint et Immaculé Cœur de Marie, qui peu après sa formation fut appelée à conduire, à renouveler le séminaire du Saint-Esprit à Paris.

La dévotion à la sainte Vierge, le zèle des âmes attira de bonne heure à ce pieux séminaire le cher et regretté confrère que nous venons de perdre, Prosper-Edgard de Courval, vicaire de cette paroisse durant 24 ans.

Né à Paris le 11 mars 1828, d'une famille assez pourvue des biens de la fortune, mais plus favorisée encore des dons de la grâce, le jeune Prosper, soit à Paris, soit à la campagne, fut élevé très religieusement par une mère profondément chrétienne, je dirais presque dévote ; cette mère selon le cœur de Dieu, longtemps dirigée par le célèbre abbé Dupanloup, lui confia son fils, qui entra au séminaire Saint-Nicolas où il termina ses classes.

Doué d'un esprit facile, d'une grande imagination, d'une sensibilité exquise, d'un cœur aimant, d'une foi profonde, il fit sous des maîtres habiles, qui vivent encore, des progrès rapides et notables dans les sciences humaines, mais surtout dans la piété et l'amour de la sainte Vierge, qui a été un des caractères de son âme d'enfant, de jeune homme, de prêtre.

Entré ensuite au séminaire d'Issy, il le quitta bientôt pour entrer au séminaire du Saint-Esprit qui venait de passer entre les mains de M. Libermann et de sa congrégation naissante. Ce changement de séminaire se fit, non par caprice, mais sur le conseil de ses supérieurs. C'est au Saint-Esprit qu'il fit ses études théologiques, et qu'il reçut les deux ordres sacrés qui précèdent le sacerdoce.

Il n'était encore que diacre lorsque Mgr Lacarrière, nommé évêque de la Guadeloupe, vint demander au séminaire un secrétaire : les vues des supérieurs du prélat se portèrent sur le jeune abbé de Courval. Quitter son pays, ses habitudes, ses parents, sa bonne mère surtout, furent pour lui un véritable sacrifice ; mais devant la volonté, le désir de ses supérieurs, il n'hésita point, et peu après, trois mille lieues de mer le séparaient de ce qu'il avait de plus cher ici-bas. Doué d'un physique très agréable, d'un esprit facile, d'une grande et vive piété, il semblait appelé à de hautes destinées ; il n'en fut pas de la sorte, et la vie de cet homme, qui nous a toujours paru si calme, ne fut qu'une suite d'épreuves, de déceptions, d'amertumes, mais il accomplit sa vocation avec beaucoup de fidélité et de vaillance. Comme secrétaire, comme vicaire général, il rendit de grands services à son évêque et à la colonie. Mais après la maladie et la démission de Mgr Le Herpeur, il dut quitter la Guadeloupe, après des troubles et des dissensions qui finirent par ébranler l'administration déjà très difficile des vicaires capitulaires. Appelé et reçu à bras ouverts dans la colonie voisine par Mgr Le Herpeur, évêque de la Martinique, puis employé par Mgr Porchez, son digne successeur, il remplit les divers postes qui lui furent confiés en faisant le bien.

Deux choses principales signalèrent son séjour et sa vie sacerdotale aux colonies. Il prêchait beaucoup et avec succès ; ses sermons étaient goûtés et portaient du fruit dans un pays longtemps déshérité de la prédication évangélique. Il aimait à nous dire jusque dans ces derniers temps qu'il composait ses sermons de très grand matin, au bord de l'Océan, sous l'influence de la brise de mer de la mer dont l'instabilité lui rappelait la mobilité des choses temporelles, et l'immensité lui donnait quelque idée imparfaite des attributs de Dieu.

La seconde chose que sa modestie n'osait révéler, c'est d'avoir érigé, construit une très belle église, la plus belle du pays, disait-il, et en l'honneur de la sainte Vierge, sous le vocable de Notre-Dame de la Délivrande et de Notre-Dame des Victoires.

Après la mort de Mgr Porchez et une grave maladie dont il conserva quelques traces, l'abbé de Conrval revint en France, après sept ans de séjour dans ces climats si pénibles et si funestes pour nos Européens. Il aimait les colonies, il se plaisait à en parler... ; il aimait les noirs, les créoles, il en était aimé ; et lorsqu'une famille de la Gnadeloupe, de la Martinique venait à Paris, elle ne manquait pas de venir le trouver et de lui laisser des marques palpables de ses sympathies, de sa reconnaissance et de ses bons offices.

Immédiatement après son retour en France, le jeune abbé de Conrval, âgé de 28 ans, fut reçu à Paris par ses anciens directeurs, ses condisciples, ses collègues. Appelé à exercer le saint ministère en 1858, il continua ses simples, ses modestes fonctions durant 24 ans moins deux mois, presque un quart de siècle, une vie d'homme.

Parlons en peu de mots du bien qu'il a fait dans cette excellente et sympathique population du Gros-Caillou.

Qui pourrait dire le nombre d'enfants qu'il a baptisés, qu'il a instruits et formés pour leur première communion ; de malades qu'il a visités, préparés au grand voyage de l'éternité ; de chrétiens qu'il a conduits à la dernière demeure ; d'affligés qu'il a su accueillir et consoler ; de dissentiments, de discordes qu'il a su apaiser, adoucir ; de services qu'il a su rendre, de sa personne, de sa bourse !!!...

Il réussissait à toutes les besognes et à tous les devoirs de la charité et du zèle des âmes. Ce travail, ces démarches, ces œuvres, il les accepta le jour de son arrivée, le lendemain, le surlendemain ;... toujours gracieux, toujours obligeant, il aimait Notre-Seigneur Jésus-Christ dans les âmes. Malgré la lourde charge d'un vicariat très laborieux, il se livra d'une façon brillante, mais surtout utile, aux fatigues de la prédication. Pendant 23 ans il prêcha : avent, carême, mois de Marie, station du Saint-Sacrement, retraite de première communion ; durant 23 ans il fut entendu dans les paroisses de Paris, les plus illustres comme les plus humbles ; il ne se plaignait jamais, aussi content de prêcher dans la banlieue qu'à la Madeleine, où M. Deguerry l'appelait fréquemment et le traitait en ami. Cette vie de prédication use, épuise les forces morales autant que les forces physiques ; il fallait sa forte constitution pour y résister. On se demande quelquefois le bien que font les prédications de carême, d'avent, etc. ; elles empêchent les intelligences chrétiennes de se rouiller, elles maintiennent les droits de la vérité sur le mensonge.

Si M. l'abbé de Courval aimait l'Eglise, la patrie des âmes, il n'aimait pas moins son cher pays, la France, la patrie de ses frères. En 1870, lorsqu'il vit partir nos légions pour défendre nos frontières qui allaient être envahies, occupées par l'ennemi, il sentit naître en lui le désir de suivre nos armées, et dans ce ministère où il était novice, il sut partout se concilier des amitiés solides et durables, qu'il a su se ménager jusqu'à la fin pour le bien des âmes.

A son retour des camps où il avait laissé la meilleure partie de ses forces, il reprit toutes les fonctions de son vicariat, mais dans son âme il y avait un fond de tristesse que les malheurs de la patrie et de l'Eglise suffiraient seuls à justifier. Pourrions-nous douter de son zèle et de son dévouement, lorsqu'au mois d'août 1880, ses supérieurs le prièrent de se charger d'un lourd et onéreux intérim, de la cure des Invalides? Pendant près de dix mois il sut faire face à ses fonctions de vicaire, aux labeurs de la prédication, au service religieux des Invalides, surtout de l'infirmerie toujours si chargée. Depuis longtemps il souffrait de la goutte et si vaillamment qu'il ne se plaignait jamais; il ne fatiguait jamais l'oreille et la patience de ses confrères du récit détaillé de ses douleurs; nous le plaignions, et il était reconnaissant des marques les plus simples, les plus naturelles de sympathie. Cependant vers Pâques dernier, à l'issue du dernier Carême qu'il avait prêché, il avoua franchement qu'il souffrait; il souffrait tellement de l'estomac et des entrailles qu'il nous en fit l'aveu, sans ombre d'exagération.

Nous espérions bien tous que la belle saison, la cessation de ses courses évangéliques, l'air des montagnes, un repos justement mérité, lui rendraient ses forces épuisées : ce ne fut guère que vers l'époque de la Toussaint que les symptômes du mal qui devait l'emporter devinrent plus alarmants et plus manifestes..... Nous ne pouvions en croire nos yeux; nous nous disions les uns aux autres: Je ne

sais si je ne me trompe, mais c'est bien telle maladie, telle
infirmité.... Au bout de quelques semaines les illusions
avaient disparu. On n'aime pas croire à la réalité du danger
pour les personnes que l'on aime ; on veut espérer, espérer toujours, et quand même. Dans les crises de cette
douloureuse maladie, quelle patience ! quelle résignation !
quelle énergie ! quel calme ! ! Il continua à célébrer le
saint sacrifice tous les dimanches (2 exceptés) jusqu'au
8 janvier pour l'Epiphanie. Ce fut la dernière fois qu'il
offrit le saint sacrifice pour les chers paroissiens du Gros-
Caillou, qu'il aimait d'un amour tout particulier. Enfin le
mal faisait de prompts et visibles progrès, dont il ne se
dissimulait pas l'issue prochaine. A moi, son curé, il me
disait avec un calme parfait : *Vado ad Patrem,* je vais à mon
Père ; comment s'inquiéter quand on va vers Dieu, *vado
ad Patrem !* Il me rassurait, il me consolait, il voyait dans
mes yeux, il sentait dans ma voix les tristes pressenti-
ments que je lui dissimulais mal ; malgré mes efforts il me
répétait : *Vado ad Patrem.* Le mal devint menaçant au
plus haut degré ; il sentait venir la mort : *Quis me liberabit
a corpore mortis hujus?* Il me demanda librement de son
chef les derniers sacrements, il me pressa même, me di-
sant qu'il ne fallait pas tarder. Je les lui ai administrés.
Avec quelle foi, quelle contrition, quelle confiance il les
reçut ! ! ! Il nous édifia tous durant sa maladie ; à ses derniers moments, il nous fit à tous du bien. Je dois signaler
son tendre et fréquent recours à Marie, notre mère. Il
répétait souvent : *Ora pro nobis, nunc et in hora mortis,* et
c'est mercredi dans la soirée qu'il s'endormit dans le Sei-

gneur. Nous le reverrons au ciel, où il est admis, je n'en doute pas, et où il prie pour nous. A son intention :

1° Je vous prie de vous souvenir de ses bons exemples de zèle, de charité ; on ne l'entendait jamais mal parler de son prochain, ni de ses égaux, ni de ses supérieurs.

2 Continuez à prier pour lui ; le sacerdoce est si haut, ses obligations si sublimes !

Si iniquitates observaveris, Domine.

3° Je vous remercie des marques de sympathie que vous avez données à ce cher confrère ; nous avons compris que vous l'aimiez, ce cher confrère, et quel esprit de famille règne vraiment au milieu de vous, *cor unum et anima una.* Ils ont tous un seul cœur et une seule âme. Et vous, ô Vierge Immaculée, dont le cœur est un asile pour les justes et les pécheurs, veillez sur cette paroisse ; veillez sur ses religieux, sur ses prêtres ; qu'ils forment tous un seul cœur, une seule âme, une seule famille en Dieu et par Dieu. Et ce matin encore, lorsqu'on enlevait ses dépouilles mortelles pour les conduire à Beyriaz où il avait une propriété et des affections, j'ai compris toute la sympathie et tous les regrets que vous portez à ce cher confrère. Je vous en remercie donc en mon nom et au nom de tous vos prêtres, et je vous exhorte à vous souvenir dans vos prières de celui dont nous déplorons en ce jour la perte.

Paris, ce dimanche 29 janvier 1882.

2294 Paris. — Imprimerie F. LEVÉ, rue Cassette, 17.

www.ingramcontent.com/pod-product-compliance
Lightning Source LLC
Chambersburg PA
CBHW061450170626
46811CB00005B/2453